句集 道行

内ひとみ

文學の森

序

内ひとみさんが「自鳴鐘」に入会されてからまだ七年にしかならないのだ、とこの句稿を手にして改めて深い感慨に捉われている。

この七年のひとみさんの歳月の激動と、その中で、その一つずつに耐え、越え、頑張って来た姿を傍らで見続けて来た。それは、「俳句」への傾倒の時間であり、「俳句」から抱きとられるという実感を得る時間でもあったと言える。

彼女と「俳句」との接点は、「あとがき」に記されているように関西での宇多喜代子さんの「講座」であった。学ぶことに熱心な彼女の資質が窺われる。

鹿児島には「自鳴鐘」の支部もあり、桜島には「自鳴鐘」二代目主宰・横山房子の句碑も建てられているという大切な縁の地でもある。

子を喰いし緋目高又も孕みたる　「野分吹く」

いささかおどろおどろしげな一句からこの一集は始まる。しかし、ここで注目すべきは、循環する「生」の哀しみにひたと目を据えている作者の資質であろう。このことは、内ひとみにとっても、この一集にとってもまことに大切なことだと言える。

のぼりつめ毛虫は雨に首を振る
沈黙に空豆の皺深まりぬ
捥ぎたてのトマトの火照りもてあます
黄は白く白は黄に褪め菊枯るる
腕時計に一日のぬくみ秋の暮

初期の秀作と言ってよいであろう。

夕立に汗匂い立つ水法被　「冬薔薇」
手一本締めて博多の夏終る

平成二十三年夏、博多祇園山笠に参加したいというご主人の長年の願いが叶って、ご夫婦で博多の暑い夏を更に熱く過ごしたと聞いた。

死者の海生者の海よ大花火
ずかずかと東北にまた冬が来る

この年の春の東日本大震災という災禍。生きていることの不思議と生き残るということへの思いは、平穏に見える日常の中で深く根を張っていたであろう。

一人子のお嬢様を嫁がせた安堵と寂しさの中で、新しい日々への新たな期待にも満ちていた平成二十四年末、乳癌の宣告を受けた。

針刺さる乳房冷たや柔らかや　「凍蝶」

寒雷よ我に光を我に力を
凍蝶の左の胸に触るる夜
病廊に娘を見送りぬ冬の朝
父母に病は告げず冬紅葉

「凍蝶」の章は、混乱の中にも一句を書くことで、どうにかその時点や事態から抜け出てゆく力を得ている様がありありと見えてくる。そのような中で、

東北に雪・幸よ降れ幸積もれ　「流螢」

が平成二十五年春、第十二回全国女性俳句大会in北九州で大会大賞を得た。

冷蔵庫私の嘘も入れてある　「流螢」
わが胸を裂かば夏蝶生れ出でん
くたくたのTシャツ涼し家居かな

失ったものの代わりのように大きな存在となっていく「俳句」。

「春ひとり」と「凍つる夜」の章は、加速度的な高齢化と少子化の日本の「今」の深淵の前に立たされる思いがする。

ひとみさんは一人子である。治療を進めつついささか落ち着いた中で、実家の御両親の深まる「老い」と、急激な変化に気付く。

父母の座標に私いない春　「春ひとり」

今どきの親は、子供の負担にならぬようにということを先ず思う。「父母の座標に私いない」には、父と母そして自分という構図から、自身が外されたこと。それが父母の深い思いであると承知していながらの切ない疎外感が伝わってくる。鹿児島から父母の暮らす宮崎は、車で二時間足らずであろうか。両親の老いと病とに翻弄される。

平成二十七年五月、「自鳴鐘」復刊八〇〇号を記念して作品募集が行われた。私を含め三人による共選の中、大賞に推されたのが、内ひとみ作品

「凍つる夜」であった。

方墳のごとき炬燵に父と母
蠟梅や失われゆく母の貌
凍つる夜死を欲る母に死の騒き
罵られ父は凍死のふりをする
句を吐きて句を吐き出して凍つる夜

等の十五句は、圧倒的な力で選者に迫ってきた。「選考を終えて」で、私は次のように記した。

三人の選考委員により（中略）その内容が誠に辛いことであっても「今書かねばならない」という思いと祈りの力に賛意が表された。このことは、今回の選考に於いて記しておくべき大切なことであり、嬉しいことであった。いささか荒い点もあるが、内氏の書くということに縋り、攀じ登るような迫力を高く評価する。殊に〈方墳のごとき炬縺に父と母〉は白眉。

夫婦間の問題は、子に見せぬような制御が働くものである。しかし「老い」はその枷を易々と外してしまう。心に刻まれた傷は、数十年経って尚鮮やかに再現される。父母の修羅、老い……混沌たる中に於いて、次の句が書かれた。

秋の病廊道行のごと父と母

重く閲ぎ合う作品が収められているこの句集題を、ひとみさんは『凍つる夜』と半ば決めていたようであるが、この一句を前にした時、私は『道行』という題をひとみさんに提示した。

母を支える父、父に縋り歩く母。秋冷の病廊か、病廊の先の窓の碧空は次第に夕空の赤さを加えてゆくであろう。

その後ろ影は父と母を超えて男と女。二人の姿に人生の「道行」を確りと見届けることが、娘としての仕事であろう。

火の山の膨れは視えず鳥曇　　「凍つる夜」

火の山の低き鳴動蝶荒ぶ

火の山桜島、噴火や山体膨張のニュースが流れる。ひとみさんの句に書かれる「騒く」「荒ぶ」は、風土が呼び覚ますものでもあり、風土は敏感に反応する者を選び取る。宮崎、鹿児島は情の濃き地であり、それは血の濃さでもあろうか。

いわば喜びも嘆きも倍する強さの中で、内ひとみは「俳句」と向き合っていく。その「俳句との道行」の充実を強く願っている。

平成二十七年十一月

出水の真鶴飛来一万四千羽と聞きし日

寺井谷子

句集　道行＊目次

装丁　巖谷純介

句集

道行

みちゆき

「自鳴鐘」復刊八〇〇号記念出版

野分吹く

平成二十一年〜二十二年

子を喰いし緋目高又も孕みたる

のぼりつめ毛虫は雨に首を振る

口数の減りし子の部屋薔薇活ける

沈黙に空豆の皺深まりぬ

傘かしげ径ゆずりあう鉄線花

絽に替えて半衿一日身に添わず

一人分の影を行くなり白日傘

鰭の襞ひろげて金魚驕りたる

捥ぎたてのトマトの火照りもてあます

机這う蟻の黒さよ大きさよ

厳島朱色を洗う夏の雨
たちまちに回廊浸す夏の潮

大鳥居支えの石を蟹のぼる

大鳥居風吹き抜けて雲の峰

藍浴衣少し痩せたる若師匠

できた娘のできる哀しみ野分吹く

この歪み我にもありて榠樝の実

写楽絵の指のねじれや曼珠沙華

この角にいつもの猫いて小春かな

暖房の効きすぎ二人煮詰まりて

島原の角屋の松や冬来る

黄は白く白は黄に褪め菊枯るる

帯鳴りを気がねも楽し初芝居

一の糸深く響いて淑気かな

コンタクトレンズの曇り春きざす

無知なるは闇か力か春寒し

春の夜女の貌して子の帰る

梅の香に振り向く私そして犬

城山に島津雨降る春の宵

その中に犬も売られて植木市

真夜中の女雛の頬のやつれかな

おひるまのおささおいしやおひなさま

和ガラスの藍の極みに夏来る

夏足袋や指の形もあらわにて

白玉のえくぼに蜜の光りたる
駅に待つ人いる幸せ夏の雨

一族に下戸などおらず夏座敷

騒きたる座敷をぬけて夏の月

埋めらるる牛の瞳に夏の雲

夏の月浴びて牛舎の鎮もれる

同窓会夏大島は白を着て

再会は銀座地下店熱帯夜

砂風呂の一人ひとつの砂日傘

美しく静かな墓穴蟻地獄

献灯は真白く乾き夏・知覧

特攻の兵舎を濡らす夏の雨

月光に爪の先まで透きとおる

腕時計に一日のぬくみ秋の暮

父母の老いの哀しや冬の家

煤掃きて父母小さく座りたる

荒筵二枚の舞台里神楽

里神楽少年跳ねて舞いはじむ

冬ゝ薔薇

平成二十三年

紋付の師は美丈夫や初稽古

手をのべてマネキン春の人となる

くたくたと脱がれしブーツ春浅し

荒ぶる血この娘にもあり冴え返る

囀や木立をぬけて図書館へ

春天に拳突き上げ新燃《しんもえ》岳噴く

紙ヒコーキ飛ばす子拾う子春一日

紙雛のたちまち水に消えゆけり

揺れ止まぬ東北に今桜咲く
春の宵嘘つく口に紅を塗る

我が実家《さと》の紋も揚羽ぞ先帝祭

犬もすこし早足になる薄暑かな

エコカーの音なく過ぎる夏の夕

父の背の少し曲がりて白絣

父に似て猫背に短気夏燕

博多祇園山笠夫初陣

夕立に汗匂い立つ水法被

締め込みの尻もいろいろ夏祭

人形は皆前のめり追山笠

どーんどん今ぞ一気に山笠動く
手一本締めて博多の夏終る

死者の海生者の海よ大花火

極暑なり日本に被爆また被曝

倒壊の墓石おおう夏の草

へたり込む牛の眸や夏果てる

生者にも死者にも等しく盆の月

羅の師は麗しや白萩忌

稲妻のかけらの欲しやわが胸に
秋の波引きては砂の締る音

十六夜や決めかねること二つ三つ

三人の時あとわずか秋果盛る

はよ帰ろ雀色時秋の街

ずかずかと東北にまた冬が来る

婿殿は子規の後輩漱石忌

待つことは祈るにも似て冬薔薇

点滴に繋がれているクリスマス

美しく病むは虚言冬の蝶

凍蝶

平成二十四年

重心は少し後ろに去年今年

乗り継ぎの駅はもう無い去年今年

春浅しささくれ指で占われ

春寒し嫁がす日まであと十日

ヒヤシンス夢ひとつずつ咲きのぼる

春よ来い東北に早く春よ来い

子の気配まだ探してる弥生かな

ヒヤシンス一人の部屋に匂い濃し

人湧いてやがて消えゆく花月夜

地球儀の日本は真っ赤夏きざす

夏の蝶空と海とを分かち飛ぶ

夏山よ噴け魂の高さまで

一二歩はなじませ歩く単足袋

多情とはあるいは孤独土用波

夏山や噴いて噴いて見事なり

炎天や火山灰降る街に音絶えて

山噴いて原始人めく夏の昼

打ち水を弾く火山灰には火山灰の意地

大夕焼水平線を展げゆく

溽暑かな土にも還れぬ放射能

晩夏光火山灰降る街の翳りゆく

羽抜鶏踏み出せず赤き舌を出す

バリウムのねばりが暑い暑すぎる

完膚なきまでに吾を灼け原爆忌

目瞑りて天日に佇つ原爆忌

特攻の子の字美し終戦日

終戦日花瀬岬に日は闌けて

花びらの縁よりの萎え白芙蓉

野良猫の家猫といる曼珠沙華

若冲の色の重なり葉鶏頭

浮き上がる太き血管秋の馬

降り立てば小倉はしぐれ白虹忌

冬日和石窯ピザの縁焦げて

寒牡丹静かに確と崩落す

冬銀河両掌で乳房抱いてみる

針刺さる乳房冷たや柔らかや

冬薔薇切らるる乳房愛おしく

寒雷よ我に光を我に力を

傷痕は怖れというヒビ冬北斗

惜命の赤輝けり冬苺

神は又我を射貫けり寒昴

凍蝶の左の胸に触るる夜

動かせぬ四肢の軋みや冬の夜

冬灯ナースコールを握りしむ

消灯や目瞑り枯野に横たわる

病廊に娘を見送りぬ冬の朝

病舎より雪積む町に娘は帰る

病室に花の香満ちて冬茜

この窓に海は遠くて寒北斗

冬日和清拭の背をまろくする

病院に聖歌隊来てサンタ来て
退院の迎え待つ窓冬青空

父母に病は告げず冬紅葉

凍蝶や底なし沼の夜の眩暈

流螢

平成二十五年

第十二回全国女性俳句大会大賞

東北に雪・幸よ降れ幸積もれ

家中の時計が合って年新た

寒明けや照射待つ人みんな癌

息詰める照射の二分春浅し

春立つや紫川は太き川

二十五回照射完了春動く

薔薇の芽や癒えゆく日々を慈しむ

おもしろの今を生きよと亀鳴ける

パスタ巻くフォークのひかり夏初め

月涼し師の声アルト・アンダンテ

流螢や数えきれない母の嘘

冷蔵庫私の嘘も入れてある

母の愚痴聞こえないふり蛇苺

アイスバーはずれの文字は明朝体

海峡を越ゆるや南風の荒びたる
神楽舞う巫女の裳裾に大南風

わが胸を裂かば夏蝶生れ出でん
麻足袋の踊る形に干されけり

くたくたのＴシャツ涼し家居かな

老犬の伏すもかなわぬ暑さかな

博多祇園山笠夫第二陣

勢い水男を濡らす山笠濡らす

山笠去って涼しき風の吹きにけり

夏暁や鎮めの能の厳かに

呆けても呼べば寄る犬秋うらら

天の川母との修羅は燃え尽きて
火の雫集めて赤し曼珠沙華

川風に露地の冷えゆく廓町
三日月の切っ先に胸貫かれ

冬の朝放射線科は突外れ
梟の闇を重ねて覚醒す

黄昏は疾く梟の闇となる

冬濤を結界として隠岐眠る

パンドラの匣より凍てし汚染水

着崩れてもう眠たくて七五三

全山は雨の匂いや白虹忌

忌の雨に山茶花惜しみなくこぼる

十二月八日の朝の塩むすび
人を待つポインセチアの緋の中で

春ひとり

平成二十六年

罪障の傷痕固し初明り

着ぶくれて父の家へのバスを待つ

三寒や朗らかすぎる母の声

宅食もうまいと母や福寿草

寒明けの雨蕭々と父母の家

父の愚痴言う母が嫌浅き春

父母の愚痴を叱咤し春ひとり

叱られてあやまる母よ黄水仙

父と母非情な私春疾風

父母の座標に私いないい春

仏壇の褪めた造花に春の塵

父母を振り返れずに別れ霜

片付けて片付けすぎて春ひとり

わが胸に母とう氷点夜の梅

店先の花嫁暖簾加賀は春

春濤をひきよせ能登の千枚田

駅ごとに地酒の幟春の旅

潮匂う能登の朝市春時雨

売るも女買うも女よ春の市

塗盆に葉の光りたる椿餅

青ぬたや婿に注がれる能登の酒

春愁は例えば君の白い指

母という哀しみは白夕桜

花冷やかくれんぼうの鬼となる

小魚の眸の煌めきや夏来る

セルを着て乳房の軽き夕べかな

夏雲はゆたかに立てり天守閣

くまモンの頬っぺは真っ赤

新樹光

何もかも大皿で出す夏座敷

緋目高は聞こえないふり水の私語

わが詩は傷口より生る夏の蝶

身の鬼を飼いならせずに沙羅仰ぐ

夏の蝶片方軽き我が乳房

傷痕を免罪符とす夏の蝶

白シャツで花瀬岬に吹かれけり

特攻の白きマフラー芙蓉咲く

古唐津の盃ふたつ今日の月

望月の今宵無人の観覧車

いま戦後今に戦前曼珠沙華

薬飲む水の光や小鳥来る

見えぬもの見えている母花すすき

銀木犀父をのみ込む母の闇

秋灯や修羅を彷徨う母を抱く

芒原母はひとりで歩き出す

小春日や紙の柩に犬納む

羽展げ冬の孔雀は目を剝けり

凍つる夜

平成二十七年

桜島膨らむ膨らむ去年今年

枕木の冴えて近づく母の家

戸に佇ちて我を待つ父寒北斗

母と居て瞬く星に悴めり

恐ろしき母の沈黙花八ツ手

方墳のごとき炬燵に父と母

病院は嫌と抗う母の手凍つ

見逃せるシグナルあまた夜は凍てて

耐えがたき母の凝視に凍つる夜
慟哭を閉じ込めし身の寒さかな

蠟梅や失われゆく母の貌

凍つる夜死を欲る母に死の騒き

罵られ父は凍死のふりをする
冬に痩せ母に痩せ痩せゆく父ひとり

母に逸れ父にも逸れ凍つる夜

コンドルは凍て肉を食う我もまた

父母訪うてまた遠くなる冬銀河

句を吐きて句を吐き出して凍つる夜

母よ母その枯野から出ておいで

再稼働否と鳴きすて鶴帰る

火の山の膨れは視えず鳥曇

桜島山体膨張春怒濤

火の山の低き鳴動蝶荒ぶ

春の星クローゼットに仕舞う羽

落款は春愁烙印は罪

終の母春の光の中にあれ

花冷やヒリヒリ乾く脳の襞

母という青き奈落に桜散る

病室のシーツは真白五月来る

枕辺に母の髪梳く聖五月

薫風や母さするごと病衣干す

花卯木母は小さく小さくなり

句碑訪えばデイゴ燃え立つ桜島

特攻機発ちし広野に夏の雨

陶工の庭に吹く風柿若葉

夏潮を汲みて洗うや島の句碑

入所さす吾を生みくれし水無月に
ハンカチにもヨシ子と記し入所さす

さするごと撫でるごと母の髪洗う

迷宮に母・父・私旱星

逃れえぬ血の濃さ苦さ二重虹

母棄ててユダのごとくに虹仰ぐ

余命問う父の目まっ赤額の花

母の終看取ると父は月に言う

それぞれの心の重さ梨をむく

野分あと耳朶にあふれる死の騒き

秋の病廊道行のごと父と母

句集　道行　畢

あとがき

平成十九年から二十年にかけ、武庫川女子大学社会人講座で宇多喜代子先生の「関西の歳時記」を受講したのが、俳句との出会いでした。歳時記を学ぶうちに俳句も作ってみたくなり、宇多先生の「水曜俳句塾」にも通うようになりました。しかし、半年もしないうちに夫の大阪勤務の期限がきて、また鹿児島に帰ることになった時、宇多先生から「九州の小倉には私の信頼する寺井谷子がいるから、そこで勉強を続けなさい」と勧められて入会したのが、寺井谷子先生の「自鳴鐘」でした。

寺井先生は、右も左もわからない私を「自鳴鐘」という広やかな滋養豊かな場所で教え導いて下さいました。そして、軽い気持ちで始めた俳句は、その後の私の生き方に大きな力を与えてくれたのです。

三年前の乳癌の手術、放射線治療、今も続く服薬。その頃から始まったと思われる母の認知症。自分の病気治療にかまけて母の異変の小さなサインに気付けなかった事への呵責。

これらすべてを俳句にして吐き出してきました。それゆえに、時に生々しく、荒っぽく、読む人に痛みさえ与えてしまう事もあるかもしれません。しかし、胸に納めきれない思いを俳句にすることによって、前進出来たのだと思っています。何と俳句の力の大きいことか。

寺井先生は、私が一番落ち込んでいる時に不思議と言葉をかけ励まして下さいます。まさに、私の守護天使です。俳句と、そして寺井谷子先生との出会いに本当に感謝します。

鹿児島では「河鹿」の淵脇護主宰に、月に一度の「たちばな句会」で文法や古語の使い方などの丁寧なご指導を受けるようになり、誠にありがたく思います。

両親に句集を見せられたらと願っている時、思いがけず「自鳴鐘」復刊八〇〇号記念応募作品の大賞を「凍つる夜」の十五句で賜りました。その記念として、父と母にこの句集を捧げられることを感謝しております。

寺井谷子先生には、句集名から身にあまる序文まで賜り、心より感謝申し上げます。そして、いつもそばで支えてくれる家族、友人たち、本当にありがとうございます。

また、この句集出版にあたってご尽力頂いた「文學の森」の皆様にお礼申し上げます。

平成二十七年十一月

内　ひとみ

著者略歴

内　ひとみ（うち・ひとみ）

昭和33年 6 月25日生まれ
昭和52年　宮崎県立宮崎南高校卒業
昭和56年　鹿児島大学法文学部法学科卒業
平成21年 「自鳴鐘」入会
平成24年 「河鹿」入会
平成25年 「自鳴鐘」同人
平成26年 「河鹿」同人

現代俳句協会会員

現住所　〒890 - 0066　鹿児島市真砂町52 - 6
電　話　099 - 257 - 0575

句集

道《みち》行《ゆき》

自鳴鐘叢書　第99輯

発　行　平成二十八年二月七日

著　者　内　ひとみ

発行者　大山基利

発行所　株式会社　文學の森

〒一六九-〇〇七五

東京都新宿区高田馬場二-一-二　田島ビル八階

tel 03-5292-9188　fax 03-5292-9199

e-mail mori@bungak.com

ホームページ http://www.bungak.com

印刷・製本　竹田　登

ISBN978-4-86438-516-9　C0092